LETTEROTIK

Lucifer

Verlockung des Bösen

Glaubst du an mich?

von

Karin Baumann

LETTEROTIK

Die Autorin

In Berlin geboren und aufgewachsen hat Karin Baumann schon früh eine erotische Faszination für die fesselnde Leidenschaft von Dominanz und Gehorsam entwickelt. Neben ihrer Rolle als bekennende Sub, Fotografin, Ehefrau und Mutter, liebt sie es, ihren devoten Neigungen auch in zahlreichen Bildern und Geschichten Ausdruck zu verleihen.

Seit Wochen hatte ich immer wieder den gleichen Traum. Ich war in einem Raum gefangen. Es war dunkel und nur der Schein einer Kerze fiel auf meinen nackten Körper. Mit Ketten war ich bewegungsunfähig an ein Bett gefesselt und eigentlich hätte ich in Panik verfallen sollen. Doch das Gegenteil war der Fall.

Ich *wollte*, was hier mit mir geschah. Ich wollte es so unbedingt. Keine Ahnung, was mir mein Unterbewusstsein damit sagen wollte. Doch! Eigentlich wusste ich es durchaus und wollte es mir nur nicht eingestehen, weil meine Vernunft es nicht zuließ.

Bei meinem letzten Theaterbesuch hatte ich einen Mann kennengelernt. *Kennengelernt.* Also nicht wirklich kennengelernt.

Er saß neben mir und trotzdem hatte ich vom ersten Augenblick an das Gefühl, ich wäre für ihn bestimmt. *Was für ein Quatsch! Wenn schon, dann müssten wir ja wohl füreinander bestimmt sein und nicht nur ich für ihn.* Doch mein Unterbewusstsein arbeitete auf Hochtouren und stellte sich vor, wie es wäre, wenn ich in seinen Armen läge. *Total verrückt.*

Der erste Akt des Stückes war vorbei und ich in das Foyer gegangen, um mir ein Glas Orangensaft zu holen. Etwas Runterkühlen konnte mir nicht schaden.

Ich hatte gar nicht bemerkt, dass dieser Mann mir gefolgt war. Bei den vielen Menschen in diesem Raum hätte ich das wohl auch nicht registrieren können. Und doch hatte ich irgendwie gespürt, dass ich beobachtet wurde. Ich drehte mich einmal im Kreis und dann sah ich in die Augen, die mich zu fixieren schienen.

Er hatte meinen Blick erwidert und war langsam auf mich zu gekommen. Bevor ich reagieren konnte, hatte er mich hinter einen der dicken samtenen Vorhänge gezogen. Die Berührung seiner Hände brannte auf meiner Haut und als seine Lippen meine berührt hatten, hatte ich das Gefühl, die Welt um mich herum würde in diesem Moment anhalten.

Dann war es auch schon vorbei gewesen und er verschwand einfach. Wie in Trance hatte ich hinter diesem Vorhang gestanden und versucht, mich wieder zu sammeln. Das

Läuten der Theaterglocke hatte mich in die Realität zurück gerissen und ich war immer noch völlig benebelt wieder zu meinem Platz gegangen. Allerdings war der Platz neben mir zu meinem Bedauern leer geblieben.

Von meinen Gefühlen überrannt, musste ich mich ablenken. Die Wahrscheinlichkeit, dass ich ihn jemals wiedersehen würde, war nicht sonderlich groß. Diese einzigartige und zugleich wundervolle Begegnung war mehr als nur verrückt, vor allem, weil ich seitdem ständig von ihm träumte. Aber ihn zu vergessen und aus meinen Träumen zu drängen, war schier unmöglich.

***

Als Tom dann mit dieser Einladung kam, war das die beste Gelegenheit mal wieder raus zu kommen. Das dachte ich zumindest. Doch ich würde es bereuen. Ganz sicher würde ich das. Aber was tat man nicht alles für seinen besten Freund! Er hatte nun mal den Auftrag, Fotos von diesem Event zu machen und solche Aufträge gab es leider nicht allzu oft. Also würde ich in dieses bescheuerte Kostüm schlüpfen und ihn zu einer Kostümparty begleiten. Zumindest würde es mich hoffentlich von meinen ständigen Grübeleien seit der Begegnung mit diesem Mann etwas ablenken.

Ich hasste dieses Verkleiden und außerdem fühlte ich mich irgendwie albern in diesem Hexenoutfit. Doch was sollte es. Diesen einen Abend würde ich das schon überstehen.

Es klingelte an meiner Wohnungstür und ich öffnete Tom die Tür. Eines musste man ihm lassen: Er war immer pünktlich.

»Du musst noch einen Moment warten. Das Make-up ist noch nicht ganz fertig.«

Und damit verschwand ich wieder im Bad. Normalerweise schminkte ich mich eher dezent, aber bei diesem Kostüm war richtig schönes Schwarz angesagt. Ein letzter Blick in den Spiegel: okay. Dann konnten wir wohl los.

»Du hast scheinbar deine wahre Bestimmung gefunden. Das Kostüm sieht wirklich toll aus. Du bist eine bezaubernde kleine Hexe, weißt du das?«

Ich hob meine Hand. Nur eine gespielt sanfte Drohung. Doch er wusste, ich würde ihm nie etwas tun. Das würde ich mich nicht wagen. Und so zwinkerte er mir kurz zu, bevor er meine Hand ergriff und wir gemeinsam meine Wohnung verließen.

Wir fuhren einmal quer durch die ganze Stadt und landeten mitten in einem Villenviertel. Ich sah Tom fragend an. Er wusste ganz genau, was ich von diesen Schnöseln hielt, aber der zuckte nur mit den Schultern. Irgendwie hatte er ja auch recht: Job war halt immer noch Job.

Mein Gott, war das hier eine riesige Veranstaltung! Damit hatte ich gar nicht gerechnet. Tom spürte sofort, dass ich mich unsicher fühlte.

»Alles gut, Süße, du schaffst das. Bleib an meiner Seite und versuche, dich etwas zu entspannen. Das hier ist Spaß.«

Ich sah mich um. Eine normale Kostümparty war das hier ganz und gar nicht. Das Kreuz an der Wand, der Bock mitten im Raum und die zwei Käfige waren da sehr eindeutig. Er hätte mich wenigstens vorwarnen können. Natürlich hatte ich Erfahrung in dieser Szene, zumindest etwas. Aber wirklich wohl fühlte ich mich nie.

Und dann hatte ich plötzlich das Gefühl, mein Herz würde stehen bleiben, meine Atmung aussetzen und meine Beine ihren Dienst versagen. Zum Glück hielt Tom mich fest.

»He Süße, was ist denn los? Du bist ganz blass. Ja, ich weiß, ich hätte dir sagen sollen, um welche Art von Party es sich handelt. Aber dann wärst du nicht mitgekommen und du musstest einfach mal wieder raus.«

»Das ist es gar nicht, obwohl du mir das wirklich hättest sagen müssen. Kannst du dich noch erinnern? Ich habe dir doch von diesem Mann erzählt. Im Theater. Auf dem Platz neben mir.«

»Ohja, klar. Du hast tagelang von ihm gesprochen. Er hat dich völlig in seinen Bann gezogen, sich aber nach eurem nächtlichen Spiel nicht mehr bei dir gemeldet. Das wäre ja auch schlecht gegangen. Ihr hattet ja nicht einmal die Gelegenheit, eure Namen auszutauschen. Du warst so frustriert. Was ist mit ihm, Larissa?«

»Er hat gerade den Raum betreten. Der Typ da drüben, der im Luciferkostüm.«

Tom sah sich um und hatte ihn sehr schnell entdeckt. Sein Blick verwirrte mich. Was war los? Normalerweise würde er jetzt zu ihm gehen und ihm seine Meinung sagen. Auch wenn ich Tom schon lange nicht mehr gehörte, wenn mich jemand so behandelte, vergaß er das ganz gerne schnell mal. Aber jetzt sah er mich nur an und schüttelte den Kopf. Was sollte das denn?

»Larissa, lass die Finger von diesem Mann, der ist nichts für dich. Er sucht das schnelle Abenteuer und mehr nicht. Verantwortung ist für ihn ein Fremdwort. Im Übrigen ist er der Veranstalter dieser Party.«

Na toll, ich war also echt auf einen reichen Schnösel reingefallen? *Ganz prima.* Aber das half ja alles nichts. Tom musste hier arbeiten und ich würde mich jetzt erst recht amüsieren. Ich sah genau seine Blicke auf mich gerichtet. Hatte er mich erkannt? Wohl kaum, wenn er tatsächlich so war, wie Tom sagte.

Ich sah mich im Raum um. Hier kannte ich niemanden und es weckte auch keiner wirklich mein Interesse. Mein Blick ging wieder zu ihm. Ich sah direkt in seine Augen.

Er hob seinen Zeigefinger, zeigte damit auf mich und winkte mich zu sich. *War das echt sein Ernst?* Was war ich? Sein Schoßhündchen? Ich schüttelte den Kopf und drehte mich einfach um. Am liebsten wäre ich geflüchtet.

Die Toilette war im Moment der beste Ort, um erst einmal tief durchzuatmen. Verdammt, ich war wieder mal viel zu tollpatschig. Mit wem war ich denn jetzt zusammengestoßen? Eine Frau in einem schwarzen Engelskostüm. Oh man, sah die heiß aus!

Was? Was zum Teufel tat sie denn da? Und warum ließ ich das auch noch zu? Aus den Augenwinkeln sah ich Tom, der mich völlig entgeistert anstarrte. Und ich sah Lucifer. Aber genau dieser Blick war es, der mich wie in Trance genau das machen ließ, was ich jetzt tat.

Mein schwarzer Engel hatte ihre Hand in meinem Haar, zog so meinen Kopf nach hinten und ich spürte, wie ihre Lippen fordernd die meinen berührten. Ihre Zunge ließ mir keine Wahl. Ich ergab mich ihr einfach und nicht nur, weil das meiner Natur entsprach. Dieser Kuss war so atemberaubend, so schön. Irgendwo hatte ich einmal gehört, dass Frauen besser küssten. In diesem Fall traf das ganz eindeutig zu. Ich war völlig gefangen in diesem einen Kuss.

»Da ist mir ja was Nettes für heute Abend in die Arme gelaufen. Deine Ungeschicklichkeit, mich einfach anzurempeln, hat natürlich seinen Preis. Daher halte ich es nur für fair, wenn du für heute Abend meine Sklavin bist. Dein Halsband sagt mir, dass du scheinbar damit ja Erfahrung hast.«

Ich musste schlucken. Ja klar, irgendwie hatte sie ja recht. Von der Tatsache abgesehen, dass ich normalerweise nie ein Halsband trug und dieses hier schlicht und ergreifend einfach zu dem Kostüm gehörte. Davon einmal ganz abgesehen unterwarf ich mich nie jemandem, den ich nicht kannte. *Und schon gar nicht einer Frau!*

Doch diese wusste sehr genau, wie sie mich ablenken und verführen konnte. Ihre Lippen berührten und liebkosten meinen Hals und ihre Hand glitt langsam zwischen meine Schenkel. Sie berührte genau den richtigen Punkt. Ein Stöhnen konnte ich nicht verhindern.

»Na los, meine Süße, ausnahmsweise darfst du jetzt kommen.«

Genau dieser Satz katapultierte mich schlagartig in die Realität zurück. Ich war hier auf einer Party und ich kannte sie doch gar nicht! Und ganz sicher würde ich hier nicht kommen! Wenn sie das dachte, dann würde ich sie wohl enttäuschen.

Sie schien meine Gedanken erraten zu haben. Augenblicklich verstärkte sich ihr Griff in mein Haar und ihre Worte trafen mich wie ein Schlag.

»Du willst dich mir verweigern? Wage es nicht! Du würdest es bitter bereuen. Siehst du den Bock dort drüben? Da werden wir beide jetzt hingehen.«

Sie zog mich einfach hinter sich her und ich hatte keine Ahnung, was ich tun sollte. Meine Blicke wanderten hektisch durch den Raum und suchten Tom. Ich wollte aus dieser bizarren Situation so schnell wie möglich heraus. Aber ich konnte ihn nicht entdecken! Da hörte ich eine Stimme.

»Sam, was immer du vorhattest: Diese kleine Hexe gehört mir. Ich bestimme was sie tut und was nicht. Also lass sie los oder du wirst meine Party verlassen. Hast du mich verstanden?«

Lucifer! Er zog mich von ihr weg in seinen Arm und ließ somit keinen Zweifel aufkommen, dass ich ihm gehörte. Aber war das so? Und wollte ich das?

Doch für diesen Augenblick hatte er mich scheinbar gerettet und das machte seine Anziehung für mich um vieles stärker.

»Wie du es möchtest, Luzi. Wer bin ich denn schon, dass ich dir wiedersprechen würde?«

Hatte sie ihn gerade tatsächlich Luzi genannt? Das war doch hoffentlich nicht wirklich sein Name. Aber was bedeutete schon ein Name. Er hatte sie dazu gebracht, ihre Finger von mir zu lassen und dafür war ich ihm unendlich dankbar und so sagte ich ihm das auch.

»Du bist mir also dankbar, kleine Larissa?«

Woher kannte er meinen Namen? Ich konnte mir das nicht erklären. *Oder war er etwa? So ein Quatsch! Jetzt ging meine Phantasie aber wirklich mit mir durch!*

»Ich sehe deinen fragenden Blick. Glaubst du wirklich, du wärst mir im Theater nicht aufgefallen? Ich küsse nicht jede Frau, die mir über den Weg läuft. Es war allerdings gar nicht so einfach, deinen Namen herauszufinden. Aber dafür habe ich meine Quellen. Ich hatte gehofft, dass du deinen besten Freund begleiten würdest.«

Gab es etwas, was dieser Mann noch nicht von mir wusste? Ich war ja schließlich nicht prominent, so dass alles über mich irgendwo zu lesen war. Woher wusste er das also und warum hatte er all das über mich herausfinden wollen? In meinem Kopf kreisten die Gedanken wild umher und ich fand keine Erklärung dafür.

Da zog er mich einfach aus dem Raum, einen langen Gang entlang und öffnete mit einem Code die am Ende des Gangs gelegene Tür.

»Du siehst aus, als hättest du 1000 Fragen im Kopf. Ich habe gelernt, mich einer Frau erst dann zu nähern, wenn ich alles über sie weiß. Das erspart mir Unannehmlichkeiten. Oder besser gesagt, wenn ich wirklich interessiert bin, erspart es ihr diese. Mein Lebenswandel steht zu oft im Fokus der Presse.«

Wenn er der Meinung war, das hätte auch nur eine meiner Fragen beantwortet, da hatte er sich getäuscht. Im Gegenteil! Und was meinte er mit *interessiert*? Blöd nur, dass ich ihn das natürlich laut fragen musste. Mit seiner Reaktion hatte ich nicht gerechnet.

Langsam kam er auf mich zu, schob mich in den Raum und schloss die Tür hinter sich. Er ergriff meine Hände und zog sie auf meinen Rücken. Seine Lippen näherten sich meinem Mund und wie aus Reflex drehte ich meinen Kopf weg.

»Nur um das hier mal klar zu stellen: Ich küsse nicht jeden. Beim ersten Mal hast du es ja vielleicht geschafft mich zu überraschen, aber im Normalfall suche ich mir meine Männer aus, mit denen ich intim werden möchte.«

Diese Ansprache zeigte tatsächlich Wirkung, denn er ließ mich augenblicklich los. Blöd nur, dass sich bei mir so etwas wie Enttäuschung breitmachte.

»Die Tür ist nicht verschlossen. Du kannst gerne gehen. Ich bitte dich dann allerdings, die Veranstaltung mit deinem Freund zu verlassen.«

Verdammt, das ging nicht. Ich wusste, dass Tom sich von diesem Auftrag sehr viel versprochen hatte. Mein Blick in seine Augen verriet mir, dass er das auch genau wusste.

»Hast du es echt nötig, mich zu erpressen?«

Seine Hände fuhren langsam über mein Gesicht. Seine Fingerkuppen berührten meine Lippen, bevor er mir antwortete.

»Nein, natürlich nicht. Aber ich bin es gewohnt zu bekommen, was ich haben möchte. Was muss ich also tun, um dich zu bekommen?«

Was war das denn für eine Frage? Wusste er nicht, wie er eine Frau erobern konnte? Scheinbar ja wohl eher nicht.

»Wie wäre es für den Anfang, wenn du mir sagst, wer du eigentlich bist und wir uns dann vielleicht einfach unterhalten, um uns kennenzulernen?«

Sein verblüfftes Gesicht sprach Bände. War er das tatsächlich nicht gewohnt?

»Also meinen Namen scheinst du bereits zu kennen. Darf ich vielleicht auch deinen erfahren?«

»Den hast du doch auch schon gehört.«

War das sein Ernst? Hieß er wirklich so? Das konnte ja wohl kaum sein.

»Du wirst wohl nicht in der Realität Luzifer heißen. Deine Eltern haben dir doch einen anderen Namen gegeben?«

Irgendwie war ich mir da gar nicht mehr so sicher. Das belustigte Funkeln in seinen Augen sagte mir schon, noch bevor er es aussprach, dass ich mich wohl geirrt hatte.

»Meine Eltern hielten das wohl für eine gute Idee. Leider konnte ich sie dazu nie befragen. Sie starben kurz nach meiner Geburt.«

Und schon war mein Beschützerinstinkt geweckt. So etwas war doch furchtbar. Und das verleitete mich dazu, meine Hand vorsichtig über sein Gesicht streifen zu lassen.

»Nein!«

Dieses Nein war schroff und kam für mich völlig unerwartet. Ich erschrak. Was war so falsch daran, ihm zu zeigen, dass mir seine Geschichte nahe ging?

»Ich will kein Mitleid. Schon gar nicht für etwas, was lange vergangen ist. Außerdem kann ich nicht garantieren, dass ich es nicht ausnutzen würde und du sagtest, du müsstest mich erst kennenlernen. Was immer du auch darunter verstehst.«

Das sprach für ihn, denn er schien mir wirklich zuzuhören. So hatte ich das erste Mal das Gefühl, wirklich ernst genommen zu werden. Was mich dazu veranlasste, meine Finger weiter über sein Gesicht streifen zu lassen. Ein deutliches Knurren von ihm zeigte mir, dass ich mich damit in Gefahr begab.

Da packte er auch schon wieder meine Hände und fixierte sie über meinen Kopf.

»Du legst es förmlich darauf an. Also gut. Ab sofort werden wir hier nach meinen Regeln spielen. Erst kennenlernen und dann reden.«

Ich musste schlucken, aber inzwischen war ich alles andere als abgeneigt, mich auf dieses Spiel einzulassen. *Was sollte schlimmstenfalls passieren?* Wenn es nicht funktionierte, war es zumindest eine Erfahrung und so wie ich ihn einschätzte, würde das eine sehr intensive Erfahrung werden.

Er musste gespürt haben, dass ich meinen Widerstand aufgab. Der Griff in mein Haar und dieser Kuss, der dem nun folgte, waren ganz eindeutig besitzergreifend. Seine Zunge erforschte meinen Mund, während eine Hand langsam unter mein Kostüm glitt.

Natürlich spürte er meine Erregung, sie lief mir ja förmlich die Beine entlang. Seine Finger schoben meinen Slip beiseite und drangen mühelos in mich ein, während er mit seinem Daumen meine Klit umkreiste. Ich wusste, ich würde nicht lange brauchen, um unter seinen Berührungen zu kommen.

Genau in diesem Augenblick verschwand seine Hand wieder und ich konnte nur enttäuscht aufstöhnen.

»Dachtest du etwa, dass ich es dir so einfach machen würde? Diesen Orgasmus musst du dir schon verdienen. Erst einmal möchte ich, dass du mich darum bittest und dann erzähle ich dir, was der Preis dafür wäre. Es ist dann deine Entscheidung, ob du das so akzeptierst oder nicht.«

Ihn darum bitten? Für mich einfach ein Unding. *Das konnte er vergessen!*

Allerdings war mein Körper durchaus dazu bereit, diese Gedanken einfach über Bord zu werfen. Das, was er gerade mit seinen Händen und mit seinem Mund mit mir tat, sorgte allerdings auch dafür, dass mein Verstand ordentlich abgelenkt war. *Was also tun?* Richtig! Ich überwand meine Prinzipien und flehte ihn an, mich kommen zu lassen.

»Da bist du dir wirklich sicher? Wenn ich dir deine Bitte jetzt erfülle, gibt es für dich kein Zurück mehr. Das ist dir doch wohl klar?«

Was dachte er, was ich jetzt sagen würde? Mir war gerade völlig egal, welchen Preis er später einfordern könnte. Hauptsache, diese sinnliche Folter würde endlich enden. Denn während der ganzen Zeit zog sein Daumen weiter Kreise um meine empfindlichste Stelle und seine Finger bewegten sich in mir und hatten einen Punkt gefunden, den ich bislang nur vom Hörensagen kannte.

»Nun gut, wir werden nachher ein Spiel veranstalten und ich möchte, dass du dich daran beteiligst. Das wäre der Preis, den du zahlen müsstest, damit ich dich von deinen hoffentlich wundervollen Qualen erlöse. Bist du damit einverstanden?«

Inzwischen war ich so ziemlich mit allem einverstanden und ich hätte dafür auch dem Teufel meine Seele verkauft. Mein Körper lechzte förmlich nach Erlösung. Nur hatte ich mit irgendeiner Aufgabe gerechnet oder mit … ach, ich weiß auch nicht so genau.

Bei einem Spiel mitmachen? Das klang irgendwie recht harmlos. Eigentlich hätte ich ja wissen müssen, dass ich mich hierbei gründlich irrte.

Doch das spielte in diesem Augenblick keine Rolle, denn ich konnte sowieso nicht mehr klar denken. Mühelos hob er mich hoch und setzte mich auf einen Sessel, der mitten im Raum stand. Seine Hände glitten noch einmal sanft über meinen Körper. Ich schloss meine Augen und genoss mit jeder Faser meines Seins diese Lust. Und dann spürte ich ihn plötzlich nicht mehr.

Ich schlug die Augen auf und sah, wie er zu einem Schreibtisch ging und eine Schublade öffnete. *Ketten.* Wie in meinem Traum. Er kam langsam wieder auf mich zu, die Ketten in seiner Hand. Vorsichtig legte er sie auf meinen überhitzten Körper. Die Kälte des Stahls ließ mich tief Luft holen.

Mit einer Fernbedienung dämmte er das Licht, bevor er sich wieder über mich beugte. Luzifer begann damit, die Ketten um meine Handgelenke zu schlingen. Ich spürte das noch immer kalte Metall auf meiner Haut und genoss dieses Gefühl.

Die nächsten Ketten fesselten meine Beine, weit gespreizt und nicht mehr fähig, mich zu bewegen. So lag ich auf diesem Sessel. Meine Lust lief meine Schenkel entlang und ich hatte nur noch den einen Wunsch: *Ihn in mir spüren.* Ich wollte, dass er mich ausfüllte und in Besitz nahm.

Seine Hände berührten mich überall, drangen mühelos in mich ein und massierten mich. Er hielt mir seine Finger vor den Mund und ich wusste, was er wollte. Ich sollte meine eigene Lust schmecken.

»Sei brav und öffne deinen Mund.«

Ich reagierte fast wie in Trance. Gierig nahm ich meinen eigenen Geschmack auf und es erregte mich. Es erregte mich mehr, als ich es je für möglich gehalten hätte. Alles in mir fing an zu vibrieren. Ich war nur noch diese ungestillte Lust.

»Ich werde dir jetzt die Augen verbinden. Wenn du Angst bekommest, sag es mir. Versprochen?«

Ich nickte und fragte mich, warum er das gesagt hatte. Er konnte nicht wissen, wie viel Angst ich im Dunkeln hatte. Eines meiner Geheimnisse, die ich nie jemanden verraten hatte. Doch bei ihm fühlte ich mich sicher. Erklären konnte ich das nicht.

Die Augenbinde nahm mir jegliches Licht und trotz meiner eben noch vorhandenen Sicherheit wusste ich, dass ich das nicht konnte. In dem Augenblick, als es um mich herum dunkel wurde, ging meine Atmung schneller und ich versuchte, die aufsteigende Panik in mir zu kontrollieren. So schnell wollte ich jedoch nicht aufgeben.

Etwas berührte meinen Kitzler. Ein Vibrator? *Ohja!* die Impulse waren allerdings etwas, was ich so nicht kannte. Das war kein bloßes Vibrieren. In diesem Moment war ich so abgelenkt, dass ich fast zu hyperventilieren begann. *Diese verdammte Augenbinde musste runter, bevor mich die Panik völlig vereinnahmte!* Aber ich war nicht im Stande, es laut auszusprechen.

Zum Glück schien er auch so zu bemerken, dass etwas nicht stimmte. Die Augenbinde verschwand und ich sah in sein besorgtes Gesicht.

»Darüber werden wir noch reden müssen. Doch jetzt sollst du deinen versprochenen Orgasmus bekommen.«

Wieder spürte ich die Vibration zwischen meinen Schenkeln. Als ich fühlte, wie sich die Lust in mir aufbaute und mein Körper sich innerlich zusammenzog, schlug mit lautem Getöse eine erste Welle der Erlösung über mir zusammen und als der Orgasmus mich davontrug und mich einfach schweben ließ, da spürte ich, wie er in mich eindrang.

Seine Stöße ließen mich noch heftiger in den schon nahenden nächsten Höhepunkt treiben. Ich konnte auch seine Erregung spüren. Ich wusste, auch er würde gleich in mir kommen.

Verdammt! Nein! Das durfte nicht sein! Da war mein Verstand wieder und schlug voll zu. Alles ging mir durch den Kopf. Ich nahm nicht die Pille und von irgendwelchen Sachen, die man sich bei ungeschütztem Verkehr holen konnte, da mochte ich noch nicht einmal ansatzweise drüber nachdenken.

»Hey, ganz ruhig! Was ist los? Wovor hast du auf einmal solche Angst? Erkläre es mir.«

Stotternd, weil es mir irgendwie unangenehm war, sagte ich ihm, dass ich schon lange nicht mehr die Pille nahm.

»Ach Süße, was denkst du denn von mir? Ich trage ein Kondom und bevor ich dich nicht wirklich kenne, würde ich nie ungeschützt mit dir Sex haben. Atme tief durch und genieße endlich. Lass dich fallen. Hier bei mir wird dir nichts passieren.«

Seine Worte wirkten auf mich und seine sanften Bewegungen auch. Mein Verstand schaltete sich wieder ab und überließ der Lust das Feld. *Nur noch fühlen.* Ich spürte, wie er begann, in mir zu zucken. Auch meine Erregung war wieder auf einem Punkt, die einem erneuten Orgasmus sehr nahe kam. Doch ich wusste, dass ich so schnell kein zweites Mal kommen würde. Das dachte ich zumindest. Denn Lucifer nahm wieder den Vibrator und in wenigen Sekunden war ich wieder kurz davor, so dass meine Lust erneut explodierte.

»Los, meine kleine Hexe, du kommst jetzt mit mir zusammen!«

Ich kam augenblicklich, so wie er es von mir verlangt hatte. Mein Verstand befreite sich und ich ließ mich in meine Ketten fallen. Ich hatte gar nicht bemerkt, wie sehr ich mich gegen sie gestemmt hatte. Das würde Abdrücke geben. Spuren. Solange hatte ich schon keine mehr auf meinem Körper.

»Du siehst wundervoll aus, wenn du so ermattet in den Ketten vor mir liegst. Am liebsten würde ich dich einfach so liegen lassen. Aber da wir ja noch ein Spiel spielen müssen und ich mich als Gastgeber auch mal wieder blicken lassen muss, werde ich dich wohl zunächst einmal befreien.«

Die Art, wie er mich berührte, hatte sich verändert. Ich konnte es nicht erklären. Es fühlte sich an, als wäre ich sein Eigentum. Ein seltsames Gefühl und doch schwer zu beschreiben. Vielleicht war es aber auch nur mein Wunsch, eine Einbildung. Mir fehlte diese Dominanz in meinem Leben, auch wenn ich das so wohl nicht zugegeben hätte.

»Ein Penny für deine Gedanken. Was machen jetzt diese Fältchen auf deiner Stirn? Erzählst du es mir?«

»Ich dachte nur gerade an Tom, der sich sicher auch schon fragt, wo ich abgeblieben bin.«

Eine glatte Lüge? Nein, auch dieser Gedanke war gerade in meinem Kopf, aber eben nicht nur. Ich sah seinen fragenden Blick und mir war klar, er wusste, dass es da noch mehr gab. Doch ich wollte nicht darüber reden.

»Wollten wir nicht spielen gehen? Ich habe ungern Schulden.«

Er half mir hoch und das war auch gut so, denn meine Beine wollten irgendwie nicht so wie ich. Er hielt mich in seinem Arm, bis das Zittern in meinen Beinen wieder nachließ. Ich genoss diese Nähe viel zu sehr. Wenn ich nicht aufpasste, würde ich mich völlig in ihm verlieren.

Luzifer ordnete erst seine Kleidung und achtete dabei auf jedes Detail und zog dann auch mein Kostüm wieder an die richtigen Stellen.

Wir verließen den Raum und gingen zurück zu der Party. Scheinbar hatte uns niemand vermisst. Nicht einmal Tom. Er war so mit seinen Fotos beschäftigt und lächelte mir nur kurz zu. Bis er sah, wer neben mir stand. Ich konnte förmlich spüren, dass ihm das so gar nicht gefiel. Aber dafür war es ohnehin zu spät.

Wir gingen an einen Tisch, wo scheinbar schon ein Spiel begonnen hatte. Ich hielt es im ersten Moment für einen Witz, aber dort wurde tatsächlich *Wahrheit oder Pflicht* gespielt. Na, ganz toll, denn ich hasste dieses Spiel!

Es gab durchaus gewisse Dinge, die ich nicht jedem erzählen wollte. Nur hatte ich wohl keine Wahl. Luzi zog einen der Stühle hervor und ließ mich darauf Platz nehmen. Erst jetzt sah ich die Frau wieder, die er *Sam* genannt hatte. Als sie mich ansah, wurde mir eiskalt. Ich versuchte, mich zu beruhigen, denn schließlich ging es hier doch nur um ein harmloses Spiel.

Das harmlos der falsche Begriff dafür war, sollte ich gleich spüren, denn ich war bereits dran.

»Wahrheit oder Pflicht?«

Natürlich musste es Sam sein, welche die Frage stellte und mich mit einem Grinsen ansah. Mir war sofort klar, dass ich wohl gleich ein Problem bekommen würde. Und als sie die Frage dann stellte, wurde ich in meiner Annahme auch bestätigt.

»Kleine Hexe, erzähle uns doch einmal, was du so in der letzten Stunde gemacht hast. Denn hier habe ich dich nirgendwo entdeckt.«

Das war ja klar, dass ausgerechnet *ihr* mein Fehlen aufgefallen war.

Sollte ich antworten?

Ich sah zu Luzi, so unauffällig es ging, sah seinen Blick und das kaum merkliche Kopfschütteln. Na toll, damit war mir wohl die Entscheidung abgenommen worden. Nur war mir auch klar, dass sie sich sicher eine Gemeinheit für mich einfallen lassen würde. Ich konnte nur hoffen, dass Luzifer eingreifen würde, wenn sie zu weit ging. Darauf musste ich jetzt einfach vertrauen.

»Pflicht.«

»Schau an, schau an! Die Kleine hat Geheimnisse! Doch mir soll das nur recht sein. So komme ich wenigstens auf meine Kosten. Deine Pflicht wird sein ... ach ich mache es dir einfach: Du ziehst einfach dein Oberteil aus und ich wette, du trägst schöne Dessous darunter. So können wir deinen Anblick alle ein wenig besser genießen.«

Ausziehen?

Oh nein, das wollte ich eigentlich nicht. Mein Blick suchte wieder Lucifer. Er fixierte meine Augen und nickte mir zu. Das gab mir die Kraft, tatsächlich mein Kleid abzustreifen. Der Beifall der Leute am Tisch erregte auch das Interesse der anderen Gäste und schon standen alle um den Tisch herum, um bei dem Spiel zuzusehen.

Allerdings hatte ich jetzt auch Toms volle Aufmerksamkeit und das war mir nicht nur unangenehm. Ich brauchte ihm nicht einmal ins Gesicht zu sehen, um zu wissen, was er von dieser Aktion hielt. Aber nun musste ich da durch.

»Respekt, kleine Hexe. Ich hätte nicht gedacht, dass du das durchziehst.«

Irgendwie beschlich mich das Gefühl, nachdem sie diesen Satz ausgesprochen hatte, die nächste Runde würde noch gemeiner für mich werden. Und ich irrte mich natürlich nicht.

»So, meine Kleine, jetzt würde ich gerne von dir wissen, ob du mit einem der Anwesenden schon einmal Sex hattest.«

Mir war völlig klar, auf was sie eigentlich anspielte, aber sie wusste nicht, dass ich mit

Tom zusammen gewesen war. Vor einer gefühlten Ewigkeit zwar, aber immerhin. Ein leichtes Grinsen konnte ich mir dabei nicht verkneifen, als ich sie nun anblickte.

»Wahrheit.«

Sie schien überrascht, sagte aber nichts weiter dazu.

»Ja, den hatte ich und nicht nur einmal. Schließlich waren wir einmal ein Paar.«

Mein Blick ging zu Tom. Ich sah ihn lächeln, also hatte er kein Problem mit meinem Geständnis. Doch dann sah ich den Blick von Lucifer und sah wie er Tom fixierte.

War das gerade vielleicht doch keine so gute Idee gewesen?

Doch was war denn schon dabei?

Unsere Beziehung war seit Ewigkeiten beendet und was das zwischen Lucifer und mir sein würde, stand ja noch in den Sternen.

Sam war mit dieser Antwort nicht zufrieden. Das spürte ich deutlich. Nur konnte sie nichts machen, da ich wahrheitsgemäß geantwortet hatte. So ist das eben mit den Spielregeln. Doch dass ich noch für diese Antwort büßen würde, war mir eigentlich auch klar. Denn als ich das nächste Mal dran war, wurde diese Frage weitaus deutlicher gestellt:

»Hattest du was mit Luzi?«

Sie hatte es wirklich gewagt direkt zu fragen! Eigentlich war es fast egal, ob ich antwortete oder nicht. Gab ich es zu, wussten es alle. Nahm ich die *Pflicht*, würden sich alle ihren Teil denken. *Verdammt!* In meinem Kopf fuhren die Gedanken Achterbahn.

»Pflicht.«

Ein Raunen ging durch den Raum. Aber so konnten sie denken, was sie wollten. *Wissen* war dann was anderes. Sam hingegen schien die Antwort zu gefallen.

»Dann komm mal mit, du kleine Hexe. Du erinnerst dich noch an den Bock, der dort hinten steht? Ich hoffe du hast Spaß an dieser Art Spiel.«

Ich hatte keine Wahl mehr und unter dem tosenden Beifall der Zuschauer ging ich zu dem Bock. Ich würde ihr nicht den Gefallen tun und auch nur einen Laut von mir geben, was immer sie auch vor hatte. Soweit zumindest mein Vorsatz.

Ich legte mich über den Bock und ließ mir von ihr die dort vorhandenen Fesseln anbringen. Sie zeigte mir mit einem süffisanten Grinsen den Rohrstock in ihrer Hand. Langsam strich sie damit über meinen Rücken. Ich sah ihr leider sehr deutlich an, dass sie daran Spaß hatte. *Das würde kein Spaziergang werden.*

»Zehn Schläge wirst du doch wohl aushalten, meine kleine Hexe. Und vertrau mir: Danach werde ich dich belohnen.«

Ich wollte nicht von ihr, wie sie es nannte, *belohnt werden.* Ich wollte das hier nur schnell hinter mich bringen. Doch Sam ließ sich Zeit. Sie genoss ihre Macht über mich. Ich hörte den Rohrstock. Ich hielt den Atem kurz an. Der Schmerz biss sich in meinen Körper. Ich wusste genau, dass ich Schmerz nicht mochte. Geschlagen werden gehörte noch nie zu den Dingen, die mich in irgendeiner Art anmachten. Aber mein Stolz ließ es auch nicht zu, hier einfach *Nein* zu sagen. Vielleicht hätte ich das tun sollen, denn das Spiel ging eindeutig zu weit.

Der zweite Schlag. Nicht aufzuschreien, wurde immer schwerer und der Schmerz brannte sich in meinen Kopf. Der dritte

Schlag war dann noch heftiger. Der vierte Schlag. Ein Stöhnen kam über meine Lippen. Der fünfte Schlag und ich hatte das Gefühl, mein ganzer Körper würde zittern. Ich hielt den Schmerz nicht aus. Ich war es nicht gewohnt, so behandelt zu werden.

Der sechste Schlag und ich schrie. Ich realisierte nichts mehr um mich herum. Weder wer schlug, noch dass es Zuschauer gab. Nur noch den Schmerz nahm ich wahr.

Ich wusste nicht, wann Sam aufgehört hatte und ich hätte auch nicht sagen können, ob es wirklich zehn Schläge gewesen waren. Ich lag einfach da, Tränen in meinem Gesicht und wollte nur noch hier weg. *Auf was für einen Schwachsinn hatte ich mich da eingelassen?*

Langsam nahm ich wieder meine Umgebung wahr. Ich hörte einen Streit. Zwei Personen. Nein, das waren drei verschiedene Stimmen.

Sehr langsam wurde mir bewusst, dass sich da Lucifer, Tom und Sam gegenseitig anschrien. Ich konnte es nicht fassen: Nicht einer von ihnen kümmerte sich in diesem Moment um mich und ich war nicht in der

Lage, mich allein aus dieser Situation zu befreien.

Dann endlich spürte ich, dass meine Fesseln gelöst wurden. Ich konnte nicht sehen, wer es war und eigentlich war es mir auch egal. Ich wollte nur noch weg von hier. Wie hinter einem Schleier hörte ich eine Stimme, die ich nicht zuordnen konnte. Es war keiner der drei, denn sie stritten sich noch immer heftig. Es war eine sanfte Stimme. Irgendwie hatte sie Ähnlichkeit mit der von Lucifer, nur dass sie definitiv weiblich war.

»Bring sie in mein Zimmer und sorge dafür, dass hier wieder Ruhe einkehrt. Einen Skandal, weil Sam sich mal wieder nicht benehmen konnte, können wir uns nicht leisten. Denk auch an irgendwelche Fotos oder Videos. Die Leute hatten zum Teil ihre Handys gezückt, obwohl es hier ein eindeutiges Verbot gibt.«

Ich spürte, wie ich hochgehoben und in einen der hinteren Räume gebracht wurde. Wer immer mich hierher getragen hatte, war bemüht, so sanft wie nur möglich mit mir umzugehen. Ich wurde auf ein Bett gelegt und dann hörte ich, wie die Tür geschlossen wurde. Hände streichelten sanft über meinen Kopf.

»Pst, ganz ruhig, ich gebe dir gleich was gegen die Schmerzen. Verdammt, das hätte nicht passieren dürfen.«

Ich hörte Besorgnis aus den Worten, aber auch Wut. Wer war diese Frau, die sich gerade um mich kümmerte? Aber eigentlich war ich nur froh, dass sich überhaupt jemand meiner angenommen hatte. Die Tür wurde geöffnet.

»Mach, dass du hier rauskommst! Mit deinem Spiel hast du schon genug angerichtet! Wie oft habe ich dir schon erklärt, dass du so etwas nicht mit Neulingen abziehen sollst? Deine Eifersucht auf jede Frau, die sich Lucifer nähert, wird uns noch mächtig Ärger einbringen. Begreife endlich, dass *er* entscheidet, wen er in sein Leben lässt! Ich muss das auch akzeptieren!«

Damit wusste ich zumindest, dass Sam wohl gerade in der Tür stand. Sie wollte ich ganz sicher nicht hier haben. Ich versuchte, meine Angst zu unterdrücken, was mir nicht wirklich gelang.

»Sie geht jetzt und lässt dich in Ruhe. Versprochen! Sie wird dich nie wieder anfassen.«

Die Tür wurde geschlossen und ich wurde wieder ruhiger. Die Hände der Frau streichelten über meinen Rücken und berührten dann die Striemen. Der Schmerz war sofort wieder da.

»Entschuldige, aber ich muss die Wunden versorgen. Die Salbe wird dir den Schmerz nehmen. Das wird schon. Ich bin übrigens Leo. Und bevor du irgendwelche Halbwahrheiten hörst: Lucifer und ich waren einmal verheiratet. Wir waren jung und wussten nicht, wie unterschiedlich unsere Interessen tatsächlich sind. Inzwischen ist er so etwas wie ein großer Bruder für mich. Allerdings einer, der gerne mal so richtigen Mist baut.«

Die Flut an Informationen musste ich erst einmal verarbeiten. Zum Glück ließen wenigstens die Schmerzen schnell nach.

»Eine Weile wirst du nicht sitzen können. Du solltest erst einmal hierbleiben. Ich werde deinem sehr hitzigen und durchaus niedlichen Freund Bescheid sagen, dass du heute mein Gast sein wirst. Da ich mir vorstellen kann, dass Lucifer dich gern sehen möchte – und glaube mir: Entschuldigungen fallen ihm verdammt schwer – musst du mir sagen, ob ich ihn zu dir lassen darf. Im Vertrauen: Ich könnte verstehen, wenn du ihm die Pest an den Hals wünschen würdest.«

Ich musste tatsächlich lachen. Sie schien ihn wirklich gut zu kennen. Wenn sie also der Meinung war, ich sollte ihn wenigstens anhören, was konnte das schaden?

»Ja, in Ordnung. Dann soll er mich besuchen. Wobei ich wahrscheinlich nie wieder etwas mit ihm zu tun haben sollte, wenn ich auf meinen Verstand hören würde. Nur scheint das nicht zu funktionieren.«

Sie strich mir mein Haar aus dem Gesicht und sah mir direkt in die Augen.

Mit sanfter Stimme sagte sie: »Du bist die Kleine aus dem Theater, stimmt's? Es scheint so, als habe er nach langer Zeit doch endlich seine Bestimmung gefunden.«

Wie meinte sie das?

Und woher wusste sie vom Theater?

Aber sie war schon aus dem Raum verschwunden und nur gefühlte Sekunden später ging die Tür wieder auf. Auch ohne ihn zu sehen, wusste ich genau, dass es Lucifer war. Diese seltsame Schwingung, die ich auch schon im Theater gespürt hatte, erfasste meinen Körper.

»Das habe ich nicht gewollt. Hätte ich gewusst, dass es Sam so übertreibt, hätte ich das nicht zugelassen. Nein, ich hätte einfach dazwischen gehen sollen. Es tut mir wirklich leid.«

Ich spürte, dass er es wirklich ernst meinte. Meine Hände versuchten seine zu greifen. Er zögerte einen Moment, ehe er zufasste. Das Gefühl, als er mich berührte, war einfach unerklärlich. Jede Anspannung löste sich von mir und ich hätte am liebsten losgeheult. Doch zu meiner eigenen Überraschung tat ich das nicht. Ich schmiegte mich einfach nur an ihn und hatte dadurch *dieses Gefühl*, das man nicht beschreiben kann.

Verbundenheit?

Liebe?

Das war für mich immer der totale Quatsch. Vielleicht waren es nur meine Emotionen nach dem Erlebten, die völlig verrücktspielten.

Lucifer entzog mir seine Hand und sofort machte sich so etwas wie Enttäuschung in mir breit. Aber er begann, sein Hemd aufzuknöpfen und streifte es von seinem Körper. Danach öffnete er seine Hose und ließ diese zu Boden gleiten.

So legte er sich zu mir, deckte uns beide zu und zog mich in seine Arme. Er streichelte meinen Rücken und nahm dann mein Gesicht in seine Hände. Noch nie zuvor hatte ich mich so sicher und frei gefühlt. Ich vergaß sogar ganz den Schmerz.

»Du solltest versuchen, jetzt ein wenig zu schlafen. Ich halte dich fest und passe auf dich auf. So etwas wie heute wird mir nie wieder passieren und Sam wird diese Aktion noch bereuen.«

»Nein, das möchte ich nicht. Irgendwie war es auch meine Schuld. Ich habe mich auf ein Spiel eingelassen und das hier war nur das Ergebnis. Ich war leichtfertig. Ich kannte euch nicht und habe meine Vorsicht über Bord geworfen. Eigentlich hätte ich es besser wissen müssen. Erzählst du mir, in welchem Verhältnis Sam zu dir steht?«

Ich hörte, wie Lucifer tief einatmete. Scheinbar war das kein einfaches Thema für ihn. Ich hielt mich an seiner Hand fest und streichelte mit meinen Fingerkuppen über seinen Handrücken.

»Na gut, ich denke du hast das Recht, ein paar wesentliche Dinge über mich zu erfahren. Ich war gerade volljährig, als ich bei einem Studententreffen Leo und Sam kennenlernte. Leo und ich hatten gleiche geschäftliche Interessen und wir freundeten uns rasch an. Mit Sam war das schon anders. Sie reizte mich, allerdings wusste ich da nicht, in welche Richtung das gehen würde. Wir hatten eine kurze Beziehung in der Zeit, doch als ich merkte wie dominant sie war, wurde sie für mich uninteressant. Allerdings konnte sie das nicht akzeptieren. Eine Ablehnung ihrer Person war für sie undenkbar. Seit dem tickt sie regelmäßig aus, wenn eine Frau sich mir auch nur nähert. Die Einzige, die sie je akzeptiert hat, war Leo. Vielleicht, weil sie vorher schon befreundet waren. Nach Leo hatte ich nur lockere, sagen wir, Spielbeziehungen. Alles andere war mir zu aufwendig und meistens haben Sam und ich uns die Frauen geteilt. Als ich dich im Theater das erste Mal sah, wusste ich sofort, dass ich dich für mich haben wollte. Ich habe mich erkundigt, wer du bist, was du tust und ob du eventuell meine Veranlagung teilst. Ein Freund wusste, dass du Mitglied in einem einschlägigen Club warst, allerdings den schon lange nicht mehr besucht hast. Dann hörte ich von Tom. Ich wusste, er würde meinen Auftrag annehmen und da er eine Begleitung mitbringen durfte, war ich mir relativ sicher, dass du das sein würdest. Ich habe Leo von dir erzählt und ich wusste, sie würde sich für mich freuen. Nur leider hat auch Sam das Gespräch mitgehört und ihre Begeisterung war nicht so groß. Sie wusste, wenn ich jemanden finde, der mich wirklich interessiert, würden sich unsere Wege endgültig trennen. Ihre Wut, vielleicht auch ihre Verzweiflung ließ sie an dir aus. Mir war nicht klar, dass sie so weit gehen würde.«

Ich musste seine Erzählung erst auf mich wirken lassen. *Lucifer hatte also genau recherchiert, wer ich war?*

Ein einfaches Kennenlernen war für ihn anscheinend nicht möglich.

Oder musste er einfach immer alles unter Kontrolle haben?

Dann war da noch Sam. *Wenn ich mich auf eine Beziehung mit Lucifer einließ, wie würde das dann ausgehen?*

Irgendwie sah ich in diesem Augenblick keine Chance für uns. Schwierige Beziehungen hatte ich schon hinter mir. Das sagte ich ihm auch so. Ich sah, wie das Leuchten in seinen Augen erlosch.

Verdammt!

Es tat mir leid, doch ich wollte mich nicht wieder auf eine Beziehung einlassen, bei der ich nur verlieren konnte. Das würde ich nicht noch einmal überstehen, denn ich wusste, wie sehr mein Herz *bereits jetzt* an ihm hing.

»Ich kann dich verstehen. Aber dann schenke mir wenigstens diese eine Nacht. Ich will wissen, worauf ich verzichte, wenn ich dich morgen wieder gehen lasse.«

Eine Nacht?

Was hatte ich zu verlieren?

Ich hatte *alles* zu verlieren, nur war mir das nicht bewusst. Vielleicht wollte ich es auch einfach nicht wahrhaben.

»Eine Nacht! Wenn du mir versprichst, dass du mich danach in Ruhe lässt.«

Ich bekam keine Antwort. Lucifer nahm mein Gesicht in seine Hände und verschloss meinen Mund mit seinen Lippen. Ein teuflischer Kuss und meine Seele brannte lichterloh. In dieser einen Nacht wollte ich nur ihm gehören.

Seine Hände glitten über meine Haut, fuhren zwischen meine Schenkel und sein Daumen umkreiste meinen Kitzler. Langsam zog er mit seinen Lippen Spuren auf meinem Körper hinab. Am Hals entlang, ein kurzes Knabbern an den Ohrläppchen, ein Ziehen an meinen Nippeln, die sich sofort steif aufstellten. Jede seiner Berührungen löste wohliges Verlangen in mir aus.

Er fuhr mit seiner Zunge über meinen Bauchnabel, bis zu meiner Scham und entzündete damit ein Höllenfeuer in mir. Mit seinen Fingern teilte er meine Schamlippen und saugte an meinem empfindlichsten Punkt. Ich genoss diese süße Qual. Doch ich wollte mehr.

»Du musst geduldiger werden, meine kleine Hexe. Ich will dich genießen.«

Er stand auf und ging an einen Schrank. Auch hier schien er sich auszukennen, obwohl es nicht sein Raum war. Er kam mit einer kleinen Truhe zurück und stellte sie neben dem Bett ab.

»Ich bin mir sicher, dass Leo nichts dagegen hat, wenn ich einige dieser Spielzeuge an dir ausprobiere. Sie steht da sowieso nicht drauf. Ich weiß nicht einmal, warum sie die alle aufgehoben hat. Aber nun werde ich mich um dich kümmern.«

Das mochte ja so sein, dass *Leo* nichts dagegen hatte, aber vielleicht hatte *ich* etwas dagegen? Denn ich war der Meinung, an mir war heute schon genügend ausprobiert worden. Ich wollte ihm das gerade sagen, da hatte ich auch schon einen Knebel im Mund.

»Mir ist durchaus klar, dass du mir gerade widersprechen wolltest. Aber diese Nacht gehört mir. Deine Lust gehört für diese eine Nacht mir. Ich verspreche dir aber, dass es dir diesmal gefallen wird. Schauen wir doch mal, was noch so in dieser Kiste ist. Ja, das wird dir bestimmt gefallen.«

Was immer er auch in der Hand hatte, ich konnte es nicht sehen. Etwas Kaltes verteilte sich auf meinem Kitzler. Doch das Gefühl der Kälte blieb nicht lange und ein Brennen setzte ein. *Liebeskugeln?* Was sollten die denn bringen? Natürlich hatte ich schon einmal welche, aber wirklich stimulierend waren sie nicht gewesen. Doch ich sollte mich mal wieder irren. Wie schon so häufig an diesem Abend.

Lucifer steckte die drei Kugeln tief in mich hinein. Inzwischen war das Brennen so stark, dass ich alles getan hätte, damit es wieder aufhört. Als die Kugeln in mir vibrierten, machte das die Lage für mich nicht unbedingt besser.

Wieder griff er in die Kiste. Für jemanden, den diese Art von Spiel nicht interessierte, hatte Leo aber reichlich Spielzeug. Ein Massagestab. Ja gut, den kannte ich und vielleicht würde so dieses verdammte Brennen endlich aufhören. Lucifer setzte ihn direkt an meiner Perle an und es dauerte nur einen winzigen Augenblick, bis mich der Orgasmus mit all seiner Kraft erreichte.

Nur nahm er den Stab nicht weg. Im Gegenteil, er drehte ihn noch eine Stufe höher. Ich versuchte, die Beine übereinanderzuschlagen, um dieser süßen Folter zu entgehen, doch das brachte mir nur einen Klaps auf meine ohnehin schon in Flammen stehende Scham ein.

Der nächste Höhepunkt ließ meinen ganzen Körper erzittern. Als ich mich irgendwann wieder beruhigt hatte, schaltete er die Vibrationen des Stabes und auch die Liebeskugeln noch einmal einige Stufen höher. Mein Körper wehrte sich gegen die Behandlung. Das Brennen spürte ich nicht mehr. Nur noch Vibrationen, die in Wellen meinen Körper durchliefen.

»Komm, meine kleine Hexe. Dieses eine Mal noch und dann wirst du mich in dir spüren. Ich werde dich zeichnen und mit meinem Saft ausfüllen.«

Seine Worte bewirkten, dass ich tatsächlich loslassen konnte und noch einmal kam. Ermattet sank ich zusammen. Ich spürte, wie er die Kugeln aus mir herauszog, sich über mich beugte und tief in mich eindrang, während seine Lippen sanfte Küsse an meinen Hals hauchten. So sanft seine Küsse auch waren, so hart waren seine Stöße in mir. Ich spürte, wie er sich aufbäumte und spürte, wie er seinen Saft in Schüben in mich hineinpumpte.

Er zog mich in seine Arme. Ich war so mitgenommen von den Erlebnissen, dass ich einfach einschlief.

Von meinem eigenen Schrei wurde ich wieder wach. Es dauerte etwas, bis ich die Orientierung wiedergefunden hatte. Ich erinnerte mich an den gestrigen Tag und auch an das, was ich gerade geträumt hatte.

Ich lag über einen Bock gebeugt. Sam stand vor mir und erklärte mir mit einem breiten Grinsen, dass ich ihr nicht entkommen könne. Ganz egal, was ich auch tun würde.

Neben mir lag Lucifer und schlief. Scheinbar hatte ich nur in meinem Traum geschrien. Sonst wäre er wohl sicherlich aufgewacht.

Ich schaute mich um und überlegte, ob ich mich einfach still und leise davonschleichen sollte. Doch so wollte ich das, was immer uns verband, nicht beenden. Wie von selbst glitten meine Hände über seinen Körper.

Warum musste alles immer alles so kompliziert sein?

Es war so ein schönes Gefühl hier bei ihm zu liegen, ihn zu berühren, seine Nähe zu fühlen, seine Wärme zu spüren. Es fühlte sich so *wirklich* an. Meine Lippen berührten seine Haut. Ich hörte ein sanftes Knurren. Noch war er im Reich der Träume und so tastete ich mich langsam zu meinem Ziel. Zärtlich umspielte meine Zunge seine Männlichkeit. Ich wollte mir seinen Geschmack einprägen. Noch nie in meinem Leben hatte ich mich so von einem Mann angezogen gefühlt.

Vielleicht gab es doch einen gemeinsamen Weg?

In diesem Augenblick griff er in mein Haar. Von jetzt an bestimmte er das Tempo und ich genoss die Macht, die er über mich hatte. Jeden einzelnen Tropfen saugte ich in mir auf. *Ich war sein Besitz.* Das wurde mir in diesem Moment klar.

»Meine kleine Hexe, es war unerwartet, so geweckt zu werden. Aber es war sehr schön. Was hältst du von einem gemeinsamen Frühstück? Ich würde gerne etwas mit dir besprechen. Ich denke, wir sollten uns eine Chance geben. Ich will dich nämlich nicht einfach so gehen lassen.«

Mein Kopf sagte mir, dass ich mich darauf nicht einlassen sollte. Doch mein Herz hatte

schon längst anders entschieden und so
würden wir gemeinsam frühstücken und
was immer dann geschah, das würde ich
einfach geschehen lassen.

*Manchmal braucht es nur etwas Mut, um
sein Glück zu finden.* Das Leuchten in seinen
Augen bei meinen Worten gab mir die
Sicherheit, das Richtige zu tun. Zumindest
für diesen einen Augenblick.

...

Bei LETTEROTIK sind von Karin Baumann
weiterhin erschienen:

Die Einladung I – IV

Über den Dächern von Berlin
Landei trifft Dom

Plötzlich Sklavin
Ein neues Leben für eine Frau

Dark Christmas
Verführt vom Weihnachtsmann

Die Ketten des Professors I & II & III

In den Händen des Fremden
Gefangen und befreit

The Dragon in my Life I & II & III
Erotik-Fantasy

Caro
Wer ist dein Boss?

Forbidden Games
Verbotene Spiele der Lust

Sins of Silence
Gefährliche Gefühle

Praktikum
Knie dich hin, Marie!

Mondhunger
In der Dunkelheit der Nacht

Entführung der Lust
Versklavt von den Arbeitskollegen

Julie
Befreit und gefangen

und viele weitere Geschichten ...

www.ingramcontent.com/pod-product-compliance
Lightning Source LLC
Chambersburg PA
CBHW071517030726
47593CB00003B/1301